몇 생이 흘렀을까

불교문예 기획시선 01

몇 생이 흘렀을까

불교문예
불교문예출판부

여는 말

대지를 녹일듯하던 무더위가 물러가고 나니 어김없이 새로운 계절이 왔습니다. 이렇게 세상 모든 것은 변하고 누군가 떠난 빈자리에 새로운 사람이 오는 것 또한 순리라는 것을 다시 한번 생각하게 하는 시간입니다.

지난여름은 많은 것이 망설여지던 때였습니다. 더위에 지쳐 의욕을 잃은 이유도 있었지만 무엇보다도 지척에 두었던 사람들과의 관계가 흔들렸기 때문입니다. 마음을 나누었던 사람을 잃는 일은 그 어떤 일보다 가슴 아픈 일입니다. 하지만 지난 계절의 상실감을 딛고 일어나 우리는 변함없이 우리의 길을 가고 있습니다.

이러한 진통을 이겨내고 이 가을에 시화전과 더불어 작품집 『몇 생이 흘렀을까』를 발간하게 되었습니다. 올해도 어김없이 알찬 열매를 거둘 수 있도록 도와주신 흥천사 회주 정념스님과 주지 정관스님께 깊은 감사의 말씀을 전합니다. 또한 이 자리에 있게 한 모든 분들께도 고마운 마음을 전합니다.

2016년 가을
불교문예 발행인 **문혜관** 합장

축사

맹위를 떨치던 무더위가 가고 글쓰기 좋은 계절, 가을이 찾아왔습니다. 이렇게 좋은 계절을 맞이하니, 다시 한 번 부처님의 무량한 가피를 깨닫게 됩니다.

아름다운 가을에 현대불교문인협회와 계간 《불교문예》가 마련한 '2016 가을창작수련회'를 흥천사에서 개최하게 되어 기쁘게 생각합니다. 이는 흥천사의 진면목을 사부대중에게 알리는 좋은 기회이며, 동시에 현대불교문인협회와 계간 《불교문예》의 발전에도 기여하는 일이라고 생각합니다.

문학은 우리 정신을 향기롭게 하고 진정성 있게 만드는 수행의 과정과도 같습니다. 특히 불교사상과 정서를 바탕으로 하는 불교문학은 그런 가르침을 함의하고 있기에 문학예술의 으뜸이라고 할 수 있을 것입니다.

부처님은 우리에게 스스로를 밝히는 지혜와 함께 바른 길로 갈 수 있는 보살행을 일러주셨습니다. 세상의 모든 생명과 사물은 서로에게 의지하고 희생하면서 생명을 주고받는 조화로운 관계입니다. 이러한 인식

을 바탕으로 불교문학은 이타행에 대한 가르침을 감
동적으로 피력해왔습니다.

부처님의 가르침을 올바로 실행하고자 하는 문학인
여러분, 그리고 이 자리에 함께해주신 사부대중 여러
분, 오늘의 참석을 계기로 불자로서의 자세와 문학정
신이 한 단계 승화되기를 바랍니다. 또한 이곳에서 문
학적 성과도 얻어 가시기 바라며, 모든 분께 부처님의
가피가 있기를 기원합니다.

불기 2560년 가을
대한불교조계종 홍천사 회주 **정 념** 합장

차례

을 바탕으로 불교문학은 이타행에 대한 가르침을 감동적으로 피력해왔습니다.

　부처님의 가르침을 올바로 실행하고자 하는 문학인 여러분, 그리고 이 자리에 함께해주신 사부대중 여러분, 오늘의 참석을 계기로 불자로서의 자세와 문학정신이 한 단계 승화되기를 바랍니다. 또한 이곳에서 문학적 성과도 얻어 가시기 바라며, 모든 분께 부처님의 가피가 있기를 기원합니다.

불기 2560년 가을
대한불교조계종 흥천사 회주 **정 념** 합장

먼 후일

김 소 월

먼 훗날 당신이 찾으시면
그때에 내 말이 잊었노라

당신이 속으로 나무라면
무척 그리다가 잊었노라

그래도 당신이 나무라면
믿기지 않아서 잊었노라

오늘도 어제도 아니 잊고
먼 훗날 그때에 잊었노라

모란이 피기까지는

김 영 랑

모란이 피기까지는
나는 아직 나의 봄을 기다리고 있을 테요
모란이 뚝뚝 떨어져버린 날
나는 비로소 봄을 여읜 설움에 잠길 테요
5월 어느 날, 그 하루 무덥던 날
떨어져 누운 꽃잎마저 시들어 버리고는
천지에 모란은 자취도 없어지고
뻗쳐오르던 내 보람 서운케 무너졌느니
모란이 지고 말면 그뿐, 내 한 해는 다 가고 말아
삼백 예순 날 하냥 섭섭해 우옵네다
모란이 피기까지는
나는 아직 기다리고 있을 테요,
찬란한 슬픔의 봄을.

밤차

노 천 명

사슬잠을 소스라쳐 깨어나니
불이 홀로 밤을 새워 울다 둔 방을 지켰구나
어젯밤 기어이 북으로 떠난 차
지금쯤은 먼 들의 어느 역을 지나노?

보내고 들어오니 잊은 것도 많건만
차창 곁에 걸린 국경의 지면을 읽자마자
배웠던 방언도 갑자기 굳어버려
발끝만 굽어보며 감물 든 입은
해야 될 한 마디도 발언을 못했나.

한 줄기 눈물도 없이

박 인 환

음산한 잡초가 무성한 들판에
용사가 누워 있었다
구름 속에 장미가 피고
비둘기는 야전병원 지붕에서 울었다.

존엄한 죽음을 기다리는
용사는 대열을 지어
전선으로 나가는 뜨거운 구두 소리를 듣는다
아 창문을 닫으시오.

고지탈환전
제트기 박격포 수류탄
'어머니' 마지막 그가 부를 때
하늘에서 비가 내리기 시작했다.

옛날은 화려한 그림책
한장 한장마다 그리운 이야기

만세 소리도 없이 떠나
흰 붕대에 감겨
그는 남모르는 토지에서 죽는다.

한 줄기 눈물도 없이
인간이라는 이름으로서
그는 피와 청춘을
자유를 위해 바쳤다.

음산한 잡초가 무성한 들판엔
지금 찾아오는 사람도 없다.

서시

윤 동 주

죽는 날까지 하늘을 우러러
한 점 부끄럼이 없기를.
잎새에 이는 바람에도
나는 괴로워했다.
별을 노래하는 마음으로
모든 죽어가는 것을 사랑해야지.
그리고 나한테 주어진 길을
걸어가야겠다.

오늘밤에도 별이 바람에 스치운다.

강 건너간 노래

이육사

섣달에도 보름께 달 밝은 밤
앞 냇강 쨍쨍 얼어 조이던 밤에
내가 부르던 노래는 강 건너 갔소.

강 건너 하늘 끝에 사막도 닿은 곳
내 노래는 제비같이 날아서 갔소.

못 잊을 계집애나 집조차 없다기
가기는 갔지만 어린날개 지치면
그만 어느 모래ㅅ불에 떨어져 타 죽겠소.

사막은 끝없이 푸른 하늘이 덮여
눈물 먹은 별들이 조상 오는 밤.

밤은 옛일을 무지개보다 곱게 짜내나니
한 가락 여기 두고 또 한 가락 어데 멘가
내가 부른 노래는 그 밤에 강 건너 갔소.

피리

정지용

자네는 인어를 잡아
아씨를 삼을 수 있나?

달이 이리 창백한 밤엔
따뜻한 바다 속에 여행도 하려니.

자네는 유리 같은 유령이 되어
뼈만 앙상하게 보일 수 있나?

달이 이리 창백한 밤엔
풍선을 잡어타고
화분 날리는 하늘로 둥둥 떠오르기도 하려니.

아무도 없는 나무 그늘 속에서
피리와 단둘이 이야기하노니.

생명

한용운

닻과 키를 잃고 거친 바다에 표류된 작은 생명의 배는
아직 발견도 아니 된 황금의 나라를 꿈꾸는
한 줄기 희망의 나침반이 되고 향로가 되고
순풍이 되어서, 물결의 한 끝은 하늘을 치고,
다른 물결의 한 끝은 땅을 치는 무서운 바다에 배질
합니다.

님이여, 님에게 바치는 이 작은 생명의 파편은
최귀最貴한 보석이 되어서 조각조각이 적당히 이어
져서
님의 가슴에 사랑의 휘장을 걸겠습니다.
님이여, 끝없는 사막의 한 가지의 깃들일 나무도 없는
작은 새인 나의 생명은 님의 가슴에
으스러지도록 껴안아 주셔요.
그리고 부서진 생명의 조각조각에 입 맞춰 주셔요.

허수아비

조 오 현

새떼가 날아가도 손 흔들어주고
사람이 지나가도 손 흔들어주고
남의 논일을 하면서 웃고 있는 허수아비

풍년이 드는 해나 흉년이 드는 해나
-논두렁 밟고 서면-
내 것이거나 남의 것이거나
-가을 들 바라보면-
가진 것 하나 없어도 나도 웃는 허수아비

사람들은 날더러 허수아비라 말하지만
맘 다 비우고 두 팔 쫙 벌리면
모든 것 하늘까지도 한 발 안에 다 들어오는 것을

법성포 부르스

강 명 수

바람이 산등성이 아래로 해를 밀어 넣는다
산등성이를 기어오르는 갈대꽃들은
뉘엿뉘엿 지는 해를 바라보며 허연 갈기를 흔들고 있다
갯벌은 하루의 고단함을 슬며시 풀어놓으며
삐져나온 마지막 햇살을 깔고 드러눕는다
젖어드는 짠 바람 물고
엮어진 굴비들이
어둠 속으로 천천히 걸어 들어간다
밤바다 휘황찬란한 크루즈를
목 늘여 바라보면서
한숨으로 꼬들꼬들해져가는 지느러미로 투덜댄다
만찬장에 노릇노릇 구워진 리듬을 선보일 그날이
올 것인지
바닷바람이 수놓은 별빛을 쓰윽 끌어당겨
뜬눈으로 검은 밤의 스텝을 밟는다

등

강애나

세상에 등 기대지 않고 살아갈 수 있을까
등나무 줄기도 기둥을 기대고 오른다

어릴 적 따듯하게 업고 달래시던
그 등 잊어버린 나는
온기 받아도 사랑은 배고팠다

아침에 햇살도 창살 기대어
밝게 빛나는 것을 알지 못한 어리석음

내가 박아놓은 대못이
어버이 등에
무수한 구멍을 뚫어 놓았다

마음의 삽은 자꾸 허방만 팠었다
굴절된 삶 물로도 씻어주지 못하는 나는
어버이 生이 한줌 재가 되실 것을 몰랐다

다시 한 번 그 등에서 화석으로 남고 싶다.

사이

김 기 리

우리는 모두 사이를 산다
나이는 어떤 사이를 묶은 것

꽃피는 나무에서 다시
꽃피는 나무까지 묶인 한 해

곱구나, 다시 곱구나

이 말,
몇 번 되뇐 것 같은데

그 사이 또 고운 꽃 피고
그 사이 또 꽃나무들은 늙고

너는 어디까지 갈래?
그 고운 빛깔로

너희들 사이
내가 그저 앉아서

곱구나, 곱구나 다시 곱구나
중얼거린다

풀꽃

김 기 화

발그림자조차
상처가 되는가

메마른 땅을
딛고 일어선

가녀린
풀꽃

맹아인 듯
농아인 듯

숨죽여
수화하는

길섶의 풀꽃

일 년 쯤은

김 낙 필

한 일 년쯤은 낭도 해변에 살다가
한 일 년쯤은 앙코르와트 사원 앞에 살다가
또 일 년쯤은 일레 호수 옆에 살다가
또 일 년쯤은 은비령 눈골짜기에 살다가
일 년쯤은 달랏에서 옥빛 바다 보고 살다가
일 년쯤은 청학동 대숲바람으로 살다가
일 년쯤은 남해 벽화마을에서 살다가
일 년쯤은 비진도에서
일 년쯤은 삿뽀로에서 보름도, 금오열도에서
고도에서
방파제에서
말미잘처럼 살다가……
섬 숲에서 노을처럼 눕고 싶다

달밤

김 동 수

새벽달 하나
서편 하늘에 떠 있다

새벽달 같은 내 마음 하나
홀로 떠서

눈감지 못한 새벽을
지키고 있다.

오래 된 기억

김 명옥

등에 비수를 꽂은 채
꿈도 없는
긴 잠에 빠졌어
몇 생이 흘렀을까

너를 만나기 위한
이정표는 어디에도 보이지 않아
벼랑 끝에 서서
흉터를 탁본하고 있어
하늘에 피어난 꽃들도
시름시름 저물어 가는데
한 송이 꺾어 쥐면
너를 잊을 수 있을까

왔던 길

돌아설 때

내 몸 어디쯤에서 피어나는

으아리꽃 한 송이

다림질을 하면서

김 서 희

주름진 당신의 시간들을
하나하나 펼쳐본다
꼬깃꼬깃한 셔츠 깃, 소맷자락
고온 열로 쫙 – 쫙
뜨거운 길을 낸다
하얗게 몽쳐진 옹이가 맺혀 있어
스쳐 지나는 그 흔적이 아프다

날을 세운다
빳빳이 깃 날을 세운다
물컹하면 견디기 힘든 세상
물기 젖은 당신의 내일에
자존을 세운다
야무진 내 기도를
함께 눌러둔다.

능소화에 바치는 울음

김 성 부

능소화 줄기 늘어진 담장 앞에 선다
고즈넉한 한옥마을 세월 쌓인 골목
이따금 오가는 더운 바람에 흔들리며
하늘 나는 여름새의 그림자 헤아리는
꽃잎을 바라보며 슬퍼지는 늦은 오후
능소화는 고달픈 세상 탓하지 않는다
세월호 희생자들의 넋도
젊은 병사들의 고귀한 산화도
시끄러운 시장바닥 같은 정쟁도
작은 꽃잎은 모두 안고 속으로 운다
이끼 낀 담장 앞에 우두커니 선 채
소리죽여 울고 있는 꽃잎 만지며
함께 운다. 꽃잎 같이 소리죽여 운다.

곤충

김 순 애

무덤마다 조립된 곤충들이 요란하다.

명절 전에 나타나 극성스럽게 왱왱댄다.

이 곤충들은 자기의 계절을 갖고 있다.

어떤 상품을 달고 나왔기에 무덤 주위에서만 뱅뱅

도는지

쇳 날이 지나간 자리마다 봉분이 환해지고

시원하고 풀들이 짧아진다

아버지는 명절 앞두고 이발소에서 머리를 깎으면

새신랑같이 얼굴이 환해지고 보기 좋았다

곤충의 계절은 명절 밑이다.

그 곤충의 소리가 너무 시끄러워 근접할 수 없다.

조용히 잠든 땅속 사람이 놀랄까 봐 걱정이다 .

소리가 지나간 후 풀들이 순해졌다

그 계절이 끝날 무렵이면 성묘객들이 온다.

온통 식물들의 틈에 기름진 밥상,

저 둥근 풀밭들이 한때는 사람이었다는 증거다.

운판

김 원 희

뭉게구름 한 조각
하늘에서 지상을 바라보다
그만 사랑에 빠졌나봐

가장 무거운 몸을 하여
더 이상 떠다닐 수 없게
철갑옷 무장하고,

바다를 버리고 지상으로 출가한
목어와 도반 되어 나란히

허공을 헤매는 고독한 영혼 위해
온몸으로 새벽을 깨우고 있나봐

여명에 비춰진 짙게 새긴 몸의 문신

옴마니 반메훔

꽃들의 낱말은 달콤하고

김 인 숙

황금 촉을 갈던 벌떼,
큐피드의 화살을 쏜다
정강이가 길어진 햇살이
찔레대궁에서 파랗게 잎을 틔우고
지칠 줄 모르는 화살촉들 끝마다
달콤한 꽃들의 낱말이 묻어 있다

지천으로 피었다 지는 진달래꽃잎들,
따뜻하게 물오른 바위에
화전花煎을 지진다

황금 촉 벌떼의 화살을 맞은 오후가
주체할 수 없이 번져가는 봄날,
계절을 열고 나온 것들은 모두
입술이 뾰족해진다

월정사에는

권 현 수

향적당 댓잎파리
고무신 한 짝 머리에 이고
잘 익은 달덩이 속으로
만행 떠나는 밤

저녁 물안개는
개울물 소리 등에 지고
전나무 향기 속으로
나들이 간다.

산정호수

류 인 명

산에 갇힌 호수

산을
떠나지 못하고 있다

너를
만나던 날부터

네 그림자
내 안에 둥지를 틀고

그렇게
천년 세월이 흘렀다.

찌그러진 양푼에 녹음이

마 선 숙

식탁 위 보라색의 무 장다리꽃이 자태를 뽐낸다
썩은 무 뿌리를 물에 담갔더니
무성한 초록으로 합창한다
미나리 뿌리도 잘라 심으니 싹이 파릇파릇하고
고구마 싹이 자란 넝쿨도 눈을 정화시킨다
시집올 때 갖고 온 양푼을 딸이 찌그러졌다고 버려
애타게 주워 와 물을 붓고 야채들을 키우니
집 나간 자식 돌아온 듯 반갑다
흑백사진 같은 역사가 안부 편지처럼 녹아 있는
깊은 우물을 닮은 양푼은
논둑길 밭둑길로 된장찌개 끓여 나르고
시래기 국으로 추억을 쌓으며
긴 세월 고목처럼 함께했다
찌그러진 양푼이

무꽃 고구마꽃 피울 날을 기다리며

다가올 미래들을 수채화처럼 그려본다

백담사 부처에게

문 창 길

꺼지지 않는 점등 하나 가슴에 묻고 길을 갑니다
어디선가 차가운 바람 한 점 일면
싸늘한 별빛들의 수군거림 애증의 그림자로 다가
오고
잊을 수 없는 사랑조차 먼 기억으로 뚜렷해집니다

쏟아질 듯 질펀한 달빛 산사에
나그네의 꺼지지 않는 연가를 흘리며
사랑 같은 백담 길을 가슴에 묻고 갑니다
길을 가는 것만이 짝사랑 같은 무산을 넘어
피안 세계 화현설악을 보기 때문입니다.

가을비 낙숫물

문 태 준

흥천사 서선실西禪室 층계에
앉아 듣는
가을비 낙숫물 소리

밥 짓는 공양주 보살이
허드렛물로 쓰려고
처마 아래 놓아 둔
찌그러진
양동이 하나

숨어 사는 단조로운 쓸쓸한
이 소리가 좋아
텅 빈 양동이처럼 앉아 있으니

컴컴해질 때까지 앉아 있으니

흙곽에 낙숫물이 가득 고여

이제는 나도
허드렛물로 쓰일
한 양동이 가을비 낙숫물

반야교 난간에 서서

문 혜 관

달빛이 저리 밝고
별빛이 저리 총총하여
잠 못 이루나
붉디붉은 동백꽃

시가 되기에는
너무나 빨갛고
사랑이 되기에는
너무나 아픈 꽃

그러나 어쩌랴
인생,
이 또한 아픈 것을

가시꽃

박 성 희

거스리다를 입에 넣고 굴려본다

혀에서 가시가 돋친다

가시 돋친 혀에서 꽃이 핀다

입은 커다란 정원

입 속에서 튀어나온 꽃들이

길을 연다

다람쥐

박 향

거슬러 거슬러 올라가면
내 조상은 누구일까

늙으면 애 된다고
늙으면 네 발로 땅을 짚다가 가는 거라고
입안에 떠 넣어주는 미음 받아먹다가 가는 거라고

이건 뭘까
달력에 동그라미 쳐놓고 잊어버리고
주차장에 자동차 세워둔 곳 잊어버린다
쌈짓돈도 감춰놓고 잊어버린다

온 집안 곳곳 뒤지고 다닌다
변기통도 휘저어보고 바위 밑도 파본다

나무 밑도 살펴보고 구르는 네 혀도 들여다본다

되짚어 되짚어 짚어가면
우리는 한 족속이었나 보다

개복숭아

석 전

비 내리던 어느 여름
그가 풋내 날리며
산을 올라왔다.

사는 것이
사는 것이 아니라서
산으로 올라왔다는 그

산 넘어가던 이
그가 한 달 전
세상을 떠났다 했다.

무정한 사람
부랴부랴 목탁 들고

극락왕생 극락왕생

그의 향기가

은은하게

내 장삼 자락에 젖는다.

주름의 안쪽

송 희

냉장고 뒷구석에 숨어든 사과 하나

제 배꼽 쪽으로 당기고 당겨

주름에 절여졌다

귀를 어지럽히던 바람소리도

스펀지처럼 달디 달아졌다

푹신한 골방이 되었다

동안거 마지막 날

툭, 칼집이 나간다

별

안 현 심

풀씨 한 낱 떨어뜨리기 위해
아득한 광년을 달려온 별이 있었네

푸나무 한 그루 키우기 위해
천 날을 기도한 별이 있었네

납작하게 쓰러져 우는 동안
비수 꽂은 채 바라보던 별

달려온 길보다
바라보는 날들이 더욱 시렸을

어머니라는 이름의 별,
한 떨기 있었네.

혼자 노는 아이 1

오형근

혼자 노는 아이야
남들은 모두가
친구들끼리 어울려서 노는데
너는 혼자서도 잘 노는구나
남들은 서로가 서로의 장난감이 돼서도 잘 노는데
너는 네 스스로가 장난감이 돼서도 잘 노는구나
언제부터 혼자 노는 아이가 됐는지는 모르지만
가끔 그들 속에 끼여서
한 번 신나게 놀아보아라
혼자 노는 아이야
인생은 그렇게 살아가는 거란다
혼자만 깊어가는 아이야

겨울 배롱나무

우 정 연

숲이 우거진 여름에는

글쎄, 화관을 쓰고 겅중겅중 달리는 기린인 줄 알았
지요

초겨울 문턱 사천왕님도 졸고 계시는 햇살 꾸벅꾸
벅한 오후

훌딱 벗고 우두커니 서 있는 그가

아 글쎄, 오늘은 천수천안관자재보살로 보이지 뭡니까

목탁꽃

유 대 준

층층이 동백 붉다
예불시간인가

탁

탁

탁

합장한 뜰에
모감지 떨구는 소리

동자야!
동자야!

북두칠성 당신은

유 병 옥

어스름 쪽배 하나
풍랑에 젖을까 봐

정화수 촛불 밝혀
사립에 등대 켠다

밤새워
뱃길을 여는
북두칠성
당신은.

네가 웃으면 나도 웃는다

유준화

바람 불지 않는 들판 있던가
상처 없이 피는 꽃 본 일 있던가
꽃 피우지 않고 열매 맺던가

시인

이 남 섭

"세상을 살면서
분주하거나 경쟁하지 말고
한사코 깊이 감추도록 하라"

할아버지께서 남기신 말씀대로
성난 발톱 감추고 기죽여 살았다

그러나 시원에서 자라나는 발톱
다 감출 수는 없었다
마음 비우면 길이 보인다는데

수평선 위로 떠오른 눈물방울 하나,
눈물 속에 끓고 있는 빛 한 줄기
끝내 놓지 못한 밧줄 한 가닥 잡고 산다.

오동꽃

이문희

나를 낳고 심었다는 오동나무 한 그루

아비와 어미의 애간장이
보라 꽃으로 피었다

세간 들여 자식 시집 보내놓고

쌓이고 쌓인 그리움들을

오동나무 물관에다 차곡차곡
쟁여놓은 것일까

수척해진 몰골을 하고 그렁그렁
저리 나를 굽어보신다

무소유 한 짐

이 석 정

구절초는 아홉 번 밟히고
아홉 번 일어나
꽃을 피운다 했다

오고가는 발길에 채이고 넘어져
만만치 않은 자기 울음에
도전한다
어깨에 짊어진 꽃씨 한 줌
풀꽃 한 철, 기쁨 한 짐
무서리 오기 전에는 고단한 꿈도
내려놓아야 한다

부르튼 입술이
탱탱하다

뻐꾸기

이 양 근

그 봄날
뻐꾸기
시골 분교에 와서
새봄을 노래하고 갔다.

해마다
뻐꾸기
폐교된 분교 운동장에
온통, 봄의 발자국
찍어놓고 갔다.

아이들이 뛰놀던 교정에
풀들이 아이들 대신
운동장을 메우고

오솔길 따라간

뻐꾸기 발자국 따라

논에는 자운영 꽃 만발했다.

참회나무에게

임 연 규

처서 무렵 만수봉 계곡을 오르다

한갓진 자연탐방로에서

'참회나무' 앞에 붙들리다

처음 누가 붙여준 나무의 이름일까?

궁금하기만 하여 나무를 안아보며

나무에게 무엇을 참회하란 것일까

시방 이 나무에 앉아

짧은 한 철 서러운 매미처럼

속죄의 울음 울면

어떻게 좀 안 될까?

참회懺悔나무에게……

나는 돈오돈수 늙는다

전 인 식

이를테면, 나는 돈오돈수頓悟頓修로 늙는다

불어오는 바람에 천천히 늙어가는 것이 아니라
일 년에 한두 번, 그것도
꽃이 필 때와 질 때의 불과 며칠 사이
나는 일 년 치를 한꺼번에 늙는다

피와 살이 강물처럼 빠져나가고
어디론가 뒤따라간 마음 또한 돌아오지 않는
들불이 지나간 듯 허허로운 가슴기슭에
바람이 불고 비가 오고 눈발이 날리며
한순간 사계절이 일순할 때
누군가를 그리워하고 미워하는 일도
하늘 날아오를 듯 날갯짓하는 열망들과

물속으로 가라앉는 돌 같은 체념들도
다 이맘때 일어나는 일

뜨겁게 살아있음을 확인하는
불과 며칠 사이 나는 늙는다
선명한 나이테 무늬를 그리며
단박에 늙는다

이를테면, 나는 돈오돈수로 늙는다

굴레

전 재 복

가벼워질 거야
숨 막히는 관습慣習의 굴레
훌훌 벗어버리면

신발을 멋스럽게 머리에 쓰고
모자를 발에 신는다고
누가 뭐라겠어?
하루쯤은 벌거벗고
햇살 아래 서 있을 테야

정수리에선 쑥쑥 가지가 자라고
열 손가락 가득
초록 잎새 돋아날 거야
신발에 갇혀서

노상 우울하던 발가락에선

꼬물꼬물 잔뿌리도 자라나겠지

자작나무에게

전 정 희

하늘 향해 쭉쭉 뻗은 자작나무 연대기마다
몸통을 타고 오른 움푹 파인 생채기는
더 높이 자라기 위해 제 가지를 버린 흔적

빽빽한 나무들 속에서 하늘을 보기 위해
가지를 잘라내고 상처를 아물리며
햇볕을 받기 위하여 발돋움하던 자작나무들

한 그루 자작나무가 그해 겨울 쓰러졌다
제 가지 자르지 못해 크지 못한 그 나무
그늘인 다른 나무를 원망하던 그 나무

지난 일들 되새기며 자작나무 숲을 보다
움푹 파인 상처들이 성장통이었다니
내 키가 다른 나무에게 그늘을 드리웠다니

연꽃
— 蓮 1

정 숙

바람에 쉴 새 없이 몸 흔들리면서도
시린 발 견디며 진흙을 밟고 서서
곧 사라질
목숨,
이슬방울을
잠시라도 햇살에 한 번 더 빛나도록
소중히 떠받들고 있다

가창오리

정금윤

일렬로 늘어선 점점이
구부러지고 휘어진 채

앞서 간 무리 사라진 지 오래
남녘에 매화 꽃망울도 터져

지친 힘에 숨 고르며
끊어질 듯 이어 가네

비가 오는데
날도 저문데

빗물에 눈마저 가려
무슨 촉감이 길을 내는지

가자 가자 간다 간다
천리 백리길 오리같이

빗속에 멀어져가는 오리 가족
염려도 무거울라
차마 없을 수 없네

에스프레소

정 량 미

내 고요의 무게는
당신이다

체중계 위로
넘쳐버린 봄

에스프레소를 삼켜보지만

내 마음속 깊이
살이 되어 박힌 당신

결코 빠질 수 없는
그리움의 무게

더욱 간절한 오늘,

음악처럼 내리는

꽃비가

밤새도록

나를 또 살찌우겠구나

봄

조 옥 희

긴긴 밤 알 수 없는 신열로 뒤척였다
길도 어두웠던 시절
새까만 악몽에 가위눌리고
다시 올 그를 그리다 잠이 깨곤 했다

언제나 이맘때쯤 그랬다
두려움 앞세우고 가슴 설레는 그리움으로
긴 밤 지새우며 다시 올 그를 위해
정성을 다해 치장하고 새벽길을 걸었다

희뿌옇게 살아나는 산들
물기 머금은 나뭇가지
빈 들녘은 안개에 덮여 숨을 죽이고
나의 발걸음은

붙잡을 수 없는 먼 곳

새하얀 꿈속에서 만났던 그에게로

잇닿아 있었다.

어머니의 이름으로

진 준 섭

왜, 없었겠습니까?
답답한 마음 터질 것만 같아
때로는 마음껏 울고 싶었겠지요

홀로 짊어진 무거운 짐으로
잠 못 이루며 뒤척이던 긴긴 밤
하지만 홀로의 대화인
눈물마저 삼켜야 하는
그래서 당신은 늘 외로웠습니다

단지 가족을 위해 살아온 세월 속에
삭인 만큼 깊이 파인 주름진 얼굴처럼
당신은 늘 고독한 사람이었습니다

하지만
더 많은 사랑의 손길이 되어주기 위해
슬픔마저 지우며 그저 민들레처럼
당신은 웃고만 있었습니다

힘들 때면
따뜻한 가슴이 되어주고
깊은 울림으로 다가와
오래오래 기대고픈
당신은
그리운 이름이었는지도 모릅니다

광명진언

천 지 경

소망병원 장례식장 조리실은 나의 일터

옴 아모가 바이로차나 마하무드라 마니 파드마
즈바라 프라바를 타야 훔

십여 년 내가 올린 제삿밥 받아먹은 영혼들이여
내 아이들 앞날을 환하게 밝혀주소서

법성사 2

청 화

봉제산은 푸른 숲 깊이
법성사를 숨기어 놓고
종소리 들리거든 찾아오라 하데

법성사는 대웅전 높이
테 없는 거울 걸어두고
얼굴이 가렵거든 비춰보라 하데

그러나 잠 오지 않는 밤
한 자루 밝힌 촛불에
나마저 고이 태워버린 밤

고요한 눈만 남아 다시 보니
테 없는 거울이 법성사이고
법성사가 테 없는 거울이데.

꽃밭 청소

최 정 아

꽃밭을 청소하는 일은 언제나 나의 몫이다
쉽게 뽑혀지는 꽃대들은 지난해의 여름이었고
뽑히지 않는 것들은 나의 여름이었다

할머니가 돌아가셨다
꽃밭의 품종들이 바뀌었다
엄마는 참견하는 꽃을 좋아했고
나는 점잖은 꽃이 싫었다

시들고 말라버린 꽃대들을 정리하다보면 이집에 살
다간 여자들의 계절이 보였다 꽃들에게도 엄마가 있
고 할머니가 있지만 대부분의 꽃들은 고아였다 할머
니는 아이들이 흘린 계절을 품어 꽃을 피웠다

봄을 앞질러간 여름을 따라 떠나간 언니, 울타리가

없어 자유로운 계절과 곧잘 충돌하던 할머니 안을 밖
이라고 밖을 안이라고 싸우던 엄마, 어디서 날아 왔
는지 모르는 꽃들이 서로 어우러져 한때 꽃을 피우다
떠나갔다

  나는 한 방향으로 부는 바람이 아니면
  절대 고개 숙이지 않는다

어느 날의 일기

최 주 식

이 밤이 깊어지면
열심히 살아온 삶의 이야기로
하룻밤을 엮어내렵니다

꽃이 피고
별이 뜨는
망설임 없이 달려온 길
나는 내 인생을 믿습니다

파종

채 들

마른 나뭇가지를 꺾어다 꽂아도
금세 물오를 것 같은,

자드락밭에
어머니를 심고 돌아오는 길

차창 밖은 이화 도화 물결로 한창이다

보슬보슬 비까지 내려
낼모레 삼우제쯤이면

금세 싹터,
새순 돋아날 것 같은 어머니

찰나刹那

채 선 후

실 한 올이 끊어지는 눈 깜짝하는 찰나! 그 짧은 시간에 엉켰던 실타래를 푸는 동안에도 못 보던 것을 보게 된다면 그때는 좀 유심히 봐야 한다. 언제인가 짝 잃은 양말처럼 버려둔 자신의 모습이 은빛으로 반짝이고 있을 테니까.

산허리 녹음은 검푸르고, 뙤약볕이 억센 밤송이 가시보다 더 따갑게 내리쬐는 여름 한낮이 계속되고 있었다. 아카시아 잎이 바람에 흔들리는 찰나, 그 찰나에 엄지손톱을 닮은 아카시아 잎이 모래알처럼 반짝인다면 그때도 눈을 크게 떠야 한다. 언제인가 흘려놓은 이야기들이 모래알 은빛으로 반짝이고 있을 테니까.

아무도 찾지 않는 해변, 모래는 긴 날갯짓하던 갈매기가 보고 싶다고 말하지 않는다. 외롭다는 말은 더욱 하지 않는다. 다만 말없이 은빛으로 반짝일 뿐이다. 모래알이 볕보다 더 반짝일 때는 무엇을 말하고 싶은 건지 묻지 말아야 한다. 혼자 소주잔을 기울이는 사람에게 외롭냐고 묻지 말아야 되는 것처럼.

— 수필, 「기억의 틀」 중에서

태화강변

한 영 채

백년 만에 붉은 소나무 꽃이 배달되었다

줄무늬 노랑나비가 나풀거리며 초대장을 날랐다

강물 옆 대나무 숲은 노을빛이 찬란하다고 했다

물방울처럼 튀는 숭어의 노래도 아침나절에 있다고
했다

수레국화가 푸른 보리밭을 가로질러 합창한다고 했다

말티즈가 치마 입은 그녀를 따라나서는,

징검다리 아래 물풀들이 푸르게 머릴 풀어헤친다

고 했다

밀밭 길 양산 쓴 칠월 개양귀비가 오고가고

보리도 고개 숙여 누렇게 익는다고 했다

바람의 머리카락

홍 성 란

대추꽃만 한 거미와 들길을 내내 걸었네

잡은 것이 없어 매인 것도 없다는 듯

날개도 없이 허공을 나는 거미 한 마리

가고 싶은 데 가는지 가기로 한 데 가는지

배낭 멘 사람 따윈 안중에 없다는 듯

바람도 없는 빈 하늘을 바람 가듯 날아가데

날개 없는 거미의 날개는 무엇이었을까

눈에는 보이지 않는 무언가가 있다는 듯

매나니 거칠 것 없이 훌훌, 혈혈단신 떠나데

나의 재산

현 송

손에는 염주 하나

몸에는 누더기 하나

가슴에는 그리움 하나

고추잠자리

황 경 순

비단 날개 하늘거리며
허공을 낮게 선회하는

설익은 마음
늦가을 하루해 짧아

얼마나 붉게 익혀내야
가벼이 날아오를 수 있을까

저 푸른 창공에
빨간 줄 한 토막.

불교문예 기획시선 01
몇 생이 흘렀을까
ⓒ문혜관 외 59인, 2016, Printed in Seoul, Korea

초판 1쇄 인쇄 | 2016년 09월 30일
초판 1쇄 발행 | 2016년 10월 05일

지은이 | 문혜관 외 59인
펴낸이 | 문혜관
편집인 | 채　들
펴낸곳 | 불교문예출판부

등록번호 | 제312-2005-000016호(2005년 6월 27일)
03656 서울시 서대문구 가좌로 2길 50
전　　화 | 02) 308-9520, 010-2642-3900
전자우편 | bulmoonye@hanmail.net

ISBN : 978-89-97276-18-9

＊잘못된 책은 바꾸어 드립니다.
＊지은이와 협의하여 인지를 생략합니다.
＊이 책의 판권은 지은이와 불교문예출판부에 있습니다.
＊이 책은 서울 돈암동 흥천사에서 지원받아 제작하였습니다.

이 도서의 국립중앙도서관 출판예정도서목록(CIP)은 서지정보유통지
원시스템 홈페이지(http://seoji.nl.go.kr)와 국가자료공동목록시스템
(http://www.nl.go.kr/kolisnet)에서 이용하실 수 있습니다. (CIP제어
번호 : 2016022808)